LES

TROIS RICHESSES DE LA FEMME

PAR

J.-A. D'ESCODECA DE BOISSE

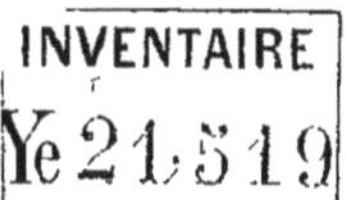

PARIS.

IMPRIMERIE FÉLIX MALTESTE ET Cⁱᵉ.

RUE DES DEUX-PORTES-SAINT-SAUVEUR, 22.

1858.

LES

TROIS RICHESSES DE LA FEMME

PAR

J.-A. D'ESCODECA DE BOISSE

1858

TROIS RICHESSES DE LA FEMME

Quand Dieu créa la femme, il fit germer en elle
Des modestes vertus la puissance éternelle ;
De l'éclat le plus doux il dota ses attraits ;
Et, pour qu'à son empire elle soumît le monde,
Il mit dans son regard une flamme féconde ,
    Et l'air des anges sur ses traits.

De la création ce fut l'œuvre suprême !
L'homme, se contemplant dans un autre lui-même,
Frémissait de bonheur ! et les êtres divers,
Captivés et ravis par cette souveraine ,
Venaient lui rendre hommage, et la proclamaient reine
    Des merveilles de l'Univers.

La terre, par la femme, au ciel était unie !
L'innocence et l'amour, dans leur double harmonie ,
De cet être charmant éclairent la beauté;
Et les brûlants trésors de pudique tendresse
Débordent de son âme, et portent l'allégresse
   A la naissante humanité.

Et la vie est complète ! et le divin programme
Règle l'ordre et le temps, couronnés par la femme.
Désormais tout s'éveille, et s'anime, et fleurit !
L'amour est dans le monde !... et la femme s'abrite
Sous sa triple richesse et son triple mérite :
   La beauté, le cœur et l'esprit !

I

La beauté, trésor adorable
Que la femme reçut des cieux,
La beauté, fleur incomparable,
Séduit le cœur, charme les yeux.
A ses dons la grâce est unie !
Elle demeure indéfinie
Dans le langage des mortels ;
Tout se courbe sous son empire,
Et même on vit, dans son délire,
L'homme lui dresser des autels !

Ainsi la femme par ses charmes
Commande au monde et l'éblouit ;
Elle subjugue par les larmes ;
Sa joie éclaire et réjouit.
Un doux sourire de sa bouche,
Même à l'âme la plus farouche,
Porte un soudain ravissement ;
Et l'élégance de la forme

En elle resplendit, et forme
Un éternel enchantement.

D'abord , timide jeune fille ,
Comme une étoile dans l'azur ,
Elle porte dans la famille
Son éclat ineffable et pur.
La vie , énigme qu'elle ignore ,
Des plus beaux rêves se colore
Et reflète dans sa beauté
Le vaporeux attrait de l'ange ,
Ses perfections sans mélange
Et sa suave majesté.

Voyez-la, perle immaculée
De candeur, de grâce et d'amour ,
Oubliant l'enfance envolée ,
Comme un beau lis s'ouvrir au jour !
L'innocence en elle respire ,
Et, si parfois elle soupire
Dans un trouble mystérieux ,
Une secrète et chaste flamme
La rend si belle, que son âme
Semble résider dans ses yeux.

Bientôt, amante et fiancée ,
L'amour est maître de son cœur ;

Tout lui sourit, et sa pensée
Nage sur des flots de bonheur.
Une voix sublime et touchante,
Par un murmure qui l'enchante,
Lui verse de tendres accords;
Le sentiment qui la domine
La fait tressaillir, l'illumine,
Et l'embellit par ses transports.

Mais quand l'hymen, source charmante
De la famille et du devoir,
En épouse a changé l'amante
Et l'a soumise à son pouvoir,
Alors, divine enchanteresse,
Ses traits, que le bonheur caresse,
Brillent d'un éclat calme et doux;
Compagne fidèle et bénie,
Du foyer elle est le génie
Et l'ange gardien de l'époux.

Telle, parmi les fleurs aimées
Qui viennent après les autans,
Mêler leurs couleurs parfumées
A la parure du printemps,
Naît, boutonne et s'ouvre la rose,
Reine de nos jardins, éclose
Sous une haleine du matin,
Et dont la corolle vermeille

Se féconde pour que l'abeille
Y trouve et puise son butin.

O femmes, vous en qui respire
L'angélique sérénité,
De ce monde gardez l'empire !
Captivez-le par la beauté !
En vous tout ravit et console ;
Sur vos fronts brille une auréole
Qui vous couvre de ses splendeurs ;
A vos regards l'homme s'enivre,
Et pleinement il se sent vivre
Aux feux de vos chastes ardeurs !

II

Mais le cœur de la femme, en sa sainte richesse,
Révèle et fait bénir l'éternelle sagesse ;
Sanctuaire d'amour et source de bonté,
Il est plus attrayant encor que la beauté.
C'est par lui que la femme, ainsi que l'espérance,
Adoucit le malheur, apaise la souffrance,
Encourage le faible, et répand en tout lieu
Le parfum des vertus qu'elle reçut de Dieu.
Aux célestes lueurs du soleil qui l'éclaire,
Elle sait étouffer jusqu'au désir de plaire
Pour chercher l'infortune et semer les bienfaits.
Combien ses sentiments et son cœur sont parfaits !
Nulle douleur n'échappe à sa sollicitude ;
Que ce soit dans le monde ou dans la solitude,
Elle n'a qu'un seul but : prier, aimer, souffrir,
Et partager les maux afin de les guérir !

Le devoir maternel l'absorbe sans relâche.
Quelle ardeur elle met à remplir cette tâche
Où l'enfant, de l'amour fragile et frais bouton,
A sa mère est uni comme le rejeton

Qui reçoit de la tige et la force et la vie !
Comme elle le protége ! et comme elle est ravie
De consacrer ses jours à ce blond chérubin,
D'épier sur sa bouche un sourire enfantin,
Et, d'un enseignement couvrant chaque caresse,
De couver sa jeune âme au feu de sa tendresse !
De la maternité sublime dévouement !
Elle fait de ses soins un autre enfantement
Qui, parsemant de fleurs les premières années,
Prépare à l'âge mûr des heures fortunées.
Que le cœur de la femme est un riche trésor !
Comme il sait diriger l'enfant dans son essor !
Voyez-la cette mère, à veiller attentive,
Bégayer de ces mots dont la douceur captive ;
Par des récits, ornés de traits piquants et vifs,
Rendre *Poucet, Peau-d'âne* et *Riquet* plus naïfs ;
D'autres fois, dans l'élan d'une courte prière,
Allumer de la foi l'étincelle première,
Et toujours, dans les jeux comme dans les chansons,
Semer, en amusant, d'innocentes leçons.
Bientôt l'enfant grandit et son esprit s'éveille.
La mère est toujours là, qui, dans chaque merveille,
Souvent par un seul mot à son cœur révélé,
Fait connaître le ciel, où l'homme est appelé.
Nulle précaution n'échappe à sa prudence,
Et constamment, sévère et tendre providence,
Elle suit cet enfant, sa joie et son orgueil,
Pour préserver ses pas de tout fatal écueil.

Si l'amour maternel éclate chez la femme,
Il est d'autres vertus qui réchauffent son âme.
Tous les maux des humains arrivent à son cœur ;
La Charité l'embrase à son souffle vainqueur,
Et la Foi, dont l'ardeur éclaire et vivifie,
La guide, l'encourage.... et Dieu la sanctifie.
Alors, à son aspect, l'espoir brille, et sa main
De fruits pleins de saveur parsème son chemin.
Suivez son pas furtif, lorsque vers la mansarde,
Il glisse doucement et, discret, se hasarde ;
Elle arrive ! et soudain embrasse, d'un coup d'œil,
Ce triste et froid séjour des larmes et du deuil.
Quel horrible tableau sous ses yeux se présente !
Par la fièvre amaigrie et presque agonisante,
Une pauvre famille est là qui, lentement,
Succombe sous l'effort du sombre dénuement.
La douleur la consume et la faim la dévore ;
Elle invoque la mort,... la mort est loin encore,
La Charité survient ! Son ange le plus doux
Accourt vous secourir et vous sauvera tous,
Malheureux, dont la bouche était près de maudire.
Bénissez cette femme au fraternel sourire !
En pleurant avec vous elle ranimera
Votre courage éteint, et le travail viendra !

Et vous, petits enfants, dont la vie est si fraîche,
Qui jouez dans l'Asile ou dormez dans la Crèche ;
Femmes qui n'avez pas un lit pour enfanter ;
Orphelins que le monde un jour sut adopter ;

Infortunés vieillards ; jeunes adolescentes ;
Et vous qùi gémissez , tristes et pâlissantes ,
Sous l'abandon d'un vil et lâche suborneur,
Qui peut vous soutenir et vous rendre au bonheur ?
C'est encore la femme ! A toutes les souffrances
Elle offre incessamment les douces espérances,
Et, désertant le luxe et les lambris dorés ,
Elle est l'être attendu par les cœurs ulcérés.
Qui pourrait te chanter, pieuse et sainte fille
Qui vas , près des mourants, remplacer la famille?
A jamais sois bénie, ô sœur de charité !
Tu voulus être pauvre ! et sur l'humanité
Tu fais tomber des cieux la bonté protectrice.
Tu caches tes vertus , modeste bienfaitrice !
Mais celui qui voit tout les voit ! vienne le jour,
Elles resplendiront au céleste séjour.

Ainsi de votre cœur, la richesse en ce monde ,
Console , rafraîchit , crée , anime et féconde ,
O femmes , êtres purs , qui faites rayonner
Les biens les plus parfaits que Dieu puisse donner !
De tous les dévouements votre âme s'est nourrie ,
Et depuis Jeanne d'Arc, qui sauva la patrie,
La France honore en vous la valeur du guerrier,
La douceur de l'apôtre et l'ange du foyer !

III

Par l'esprit la femme couronne
Toutes ses autres qualités ;
Son âme avide s'environne
De mélodieuses clartés.
Son goût sûr, sa délicatesse,
Son intelligente souplesse,
Lui rendent familiers la poésie et l'art,
Et l'amour de la gloire, en sa brûlante ivresse,
Fait étinceler son regard.

Fidèle amante de la lyre,
Sapho célèbre dans ses vers
L'amour, ses transports, son délire,
Et les dévoile à l'univers.
Le sentiment qui la dévore
Revit dans ses chants, les colore,
Et leur verse les feux de son cœur tourmenté....
Elle meurt, en laissant à l'ingrat qu'elle adore
Une part d'immortalité !

Pour conserver la gaie-science
Et faire fleurir ses travaux,
Isaure, dans sa prévoyance,
Un jour créa les *Jeux floraux.*
Dans cette arène de la gloire
Son nom, conservé par l'histoire,
Vous inspire toujours, poétiques lutteurs !
Et son esprit descend du temple de mémoire
Bénir la palme des vainqueurs.

Et toi, pur et charmant modèle
De grâce et de facilité,
Toi, qui demeuras si fidèle
Aux lois de la simplicité,
Sévigné, les beautés du style
Coulent de ta plume fertile
Comme un léger ruisseau qui gazouille en fuyant,
Dans tes lettres toujours l'agréable et l'utile
Prennent un tour vif et riant.

O poëte de la nature,
Deshoulières, dont les couleurs
Forment une douce peinture
Des vallons, des prés et des fleurs,
Dans tes vers la brise embaumée
Porte sous la verte ramée
Les tièdes voluptés des souffles du printemps,
Et, sous de chauds rayons, la terre parfumée
Brave les hivers et le temps.

Combien par son mâle génie
L'auteur de Corinne séduit !
Quelle vigoureuse harmonie !
Quels beaux effets elle produit !
Dans sa virile indépendance ,
Elle sème avec abondance
Les inspirations des esprits sérieux ,
Et dans tous ses écrits la phrase se cadence
Par des élans victorieux.

Pour donner la vie à la toile
Lebrun prépare son pinceau ;
Elle pense ! l'art se dévoile
Et l'illumine à son flambeau.
Alors , dans l'ardeur qui l'enflamme ,
Elle concentre dans son âme
Tous les bouillonnements de l'artiste inspiré ,
Et Raphaël revit sous les traits de la femme,
Ranimé par le feu sacré.

Toi , qui fus si bonne et si belle ,
Delphine , Muse de nos jours,
Fière de ta gloire nouvelle ,
La scène te pleure toujours.
A la fois Racine et Molière
T'inspirèrent , pure lumière
Que la France accueillit au milieu des bravos ,
Et tour à tour sublime , aimable ou familière,
Tu nous charmas par tes travaux.

Et vous, prêtresses adorées
De la comédie et du chant,
Malibran et Mars, inspirées
Par un délire si touchant,
Que de fois la foule idolâtre
S'est précipitée au théâtre
Pour s'abreuver d'amour, d'harmonie et de pleurs,
Et voir se refléter sur votre front d'albâtre
Vos passions et vos douleurs !...

Votre triple richesse, ô femmes, sur la terre
Vous a fait un pouvoir que jamais rien n'altère ;
Vous régnez par le cœur, l'esprit et la beauté !
De toutes les vertus votre amour se nuance,
Et, quand vous soumettez l'homme à votre influence,
Vous partagez sa royauté.

Régnez par la douceur ; c'est là qu'est votre force !
Fuyez des vains plaisirs la séduisante amorce,
Et jusqu'au dernier jour vous saurez enchaîner.
Dieu vous fit pour aimer, douces enchanteresses,
Et toujours l'on verra, même dans vos faiblesses,
L'homme sourire et pardonner !

Paris — Imp Félix MALTESTE, rue des Deux-Portes-Saint-Sauveur, 22

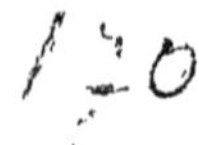

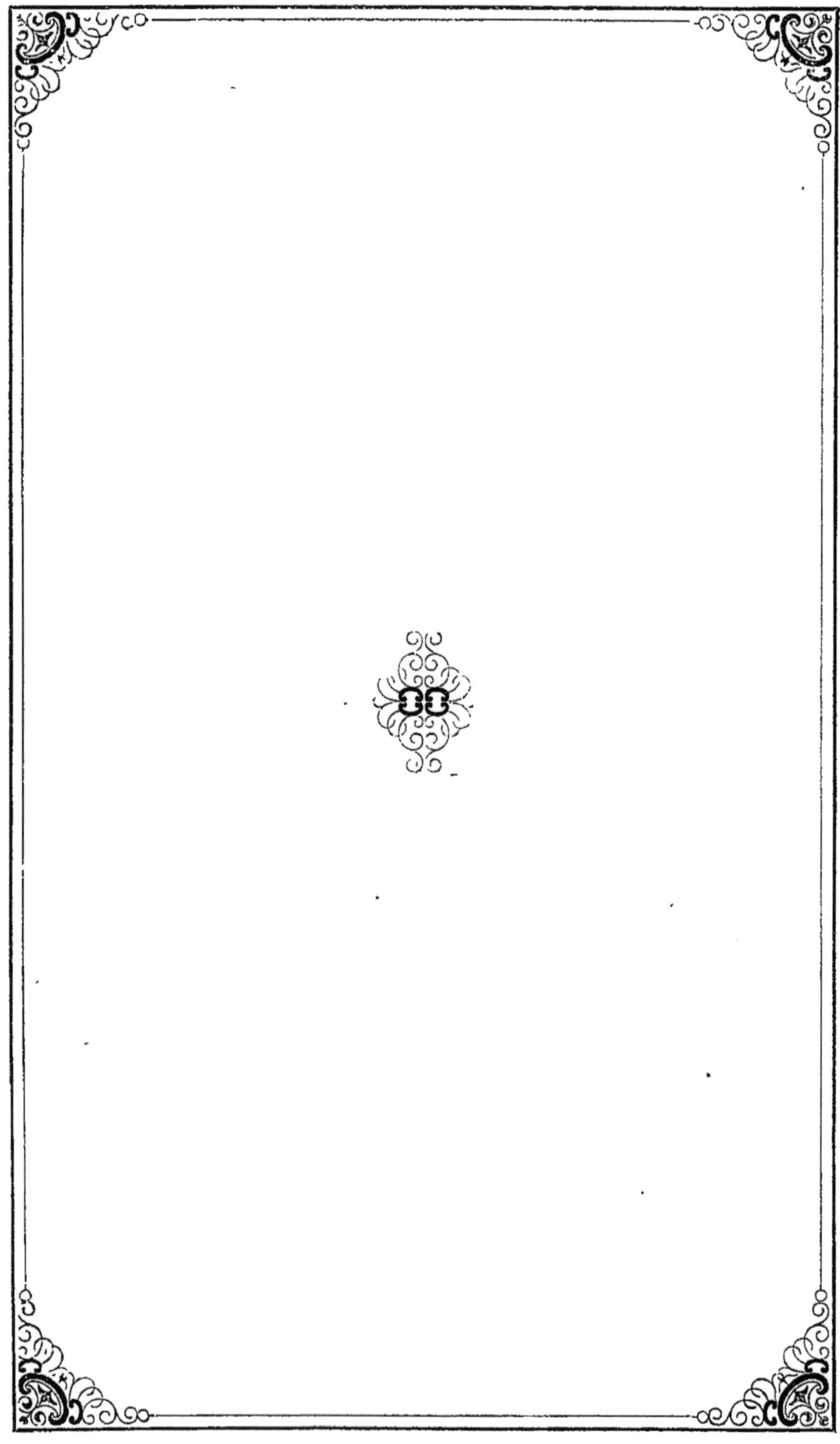